渐 近 线

HU YAOWEN
WORKS

胡耀文 ——————— 著

山西出版传媒集团　北岳文艺出版社

图书在版编目(CIP)数据

渐近线 / 胡耀文著 . —太原：北岳文艺出版社，2024.1

ISBN 978-7-5378-6817-4

Ⅰ.①渐… Ⅱ.①胡… Ⅲ.①诗集—中国—当代 Ⅳ.① I227

中国国家版本馆 CIP 数据核字（2024）第 018163 号

渐近线

胡耀文 / 著

//

出品人
郭文礼

选题策划
李向丽
景初文化

责任编辑
李向丽
张　昊

书籍设计
张永文

印装监制
郭　勇

出版发行：山西出版传媒集团·北岳文艺出版社
地址：山西省太原市并州南路 57 号　邮编：030012
电话：0351-5628696（发行部）　0351-5628688（总编室）
传真：0351-5628680
经销商：新华书店
印刷装订：武汉市首壹印务有限公司
开本：889mm×1194mm　1/32
字数：190 千字
印张：5.875
版次：2024 年 1 月第 1 版
印次：2024 年 1 月第 1 次湖北印刷
书号：ISBN 978-7-5378-6817-4
定价：59.80 元

本书版权为本社独家所有，未经本社同意不得转载、摘编或复制

序 /

行走在时间的旷野上

五月,在枝头等待了一个月的槐花开始慢慢飘零,季节在延展它嬗变的秩序。这次,槐花没有等来现实生活中的我。但我知道,蜜蜂来过,野游的他人来过,过去的我也来过,从记忆的梦境中。

总是这样——

当我提起笔的时候,时间仿佛是一个变幻的涡旋。我被迫退出现实生活,进入一个奇异的画面中,在那里,我一个人行走在时间的旷野上,用虚拟的柴耙梳理着生活的荒草。没有他人,日常的喧嚣也离我远去,剩下的只是大自然和一个独自行走着的孤单的灵魂。但这孤单并不倾注伤感,也不抛洒苦痛,它像细盐在疤痕上那么轻轻一搓,只留下淡然惊悸和涩然回味。这孤单将一个人和自然连接在一起,让你融入其中,但又在某个时刻让你的意识斜逸出来,认识到草木、鱼鸟和自己并非同类。

我提笔写作的时候,世界陷入它自己制造的黑洞中。我的思绪游走在旷野上:我看见鱼儿在天空飞翔,而鸟儿却深藏水底。从木然到惊奇,是物触动了心的开关,那伟大的张力扩展了想象。我靠着不太可靠的记忆线索,在丰饶回归平庸的日子中发掘词根和诗眼;我在混乱之景中抽丝剥茧去发现事物与生命的关联,并从万事万物的生命印痕中取得证明。

一个人行走在时间的旷野上,迎着风雨,顶着烈阳,这虚构的画面反复出现,延宕一种苍凉的荒诞的美。

我的当下,我的过往,被诗歌拖向记忆的曲面。我挖掘,我思索,我修正,并从中收获经验和快乐。我一提笔,记忆就包裹了过来,纷纷纭纭,丝丝缕缕,甚或成团成片。时间在追索它的源头,日子要编排它的基因。往往这时候,我的意识消隐、主观退场,握笔的仿佛不再是自己的手。形式也变得不重要,挖掘和刈割似乎能抵达同一个核心。当此时,我的内心感到充盈,仿佛生命只有通过不断书写才能得到它的完整。

但我并不强迫自己怎么写或写多少,因为自从喜欢上诗歌,她就慢慢成了我身体的一部分。这些从心底流溢出来的东西和肢体语言别无二致,是自然而然的事情,如同你抬腿走路时并不会刻意考虑走路的身形和姿态。完成一首诗犹如走到了目的地。但你还有下一个目的地,从此到彼或从彼到此是你的选择,重要或不重要都会化为记忆的沉渣,但你不能或无法停下脚步,你终究要在行走中过完自己的一生。

乡村生活占据了我整个少年时期,那是贫苦而单调的生活,只有在回忆中才能令其散发出萤火般光亮。我的一部分诗歌来源于此,其中不免带有苦涩和困厄,但仍然保持了小翅虫低飞的轻盈。我的另一部分诗歌是生活与命运的相互对抗,仿佛诗歌能解开命运绑缚生活的绳结，我写下它们如同在命运面前铺开新的道路。爱是生命永恒的主题，但它在这部诗集中只是一股潜流，并不明显。或者说，它的不在才是它的无处不在。

行走在时间的旷野上，就如同行走在万物中；我融入其中，又不得不从中侧身出来。现实与虚幻形同阴阳两面，貌似混沌的旋转，往往分离出黑白两色，却又令人无从把握。这份疏离与纠结正是需要挑战之处，因此，我的一部分诗歌是在哲学的悖论中寻找自恰。我试图条分缕析，却往往端出的是一盘粗砺野餐。那就不管结果，只享受过程，或者，当你将追索作为结果，过程就有了不一样的意义。我还有少量诗歌带着乙醇的味道，那是苦中微甜的味道，像是呓语，又像是醉态，呈现出生气与不甘。唯其如此，我才能从沉沦中找到一盏唤醒的灯。

这部诗集收录了我从2018到2022年间写作的部分诗歌，时间跨度大约五年，其间经历了三年"新冠肺炎"疫情。疫情防控期间，我几乎放弃了写作。白天，作为志愿人员我参加离镇区不远的杨树塘湾的封控工作，给村民量体温，或为他们代购生活必需品，整日里紧张又忙碌，很晚才能回家。由于道路被封堵，每天早出晚归我只能步行，从港北到港南直线距离并不远，但我要弯很远的路才能绕回家。那些日子，让我看到了人的脆弱，也让我感受到了人的坚韧；还有战争与苦难，这如影随形的人体坠疣，我的视线曾停留其上，但最终越过它们投向了远方。

生活的沉淀不免有盐的成分，自然也有风化之力，从时间到空间，从有形到无形，林林总总，推动着诗人之手去描画生活，去拓展自己的面貌构图。

　　诗集内面的诗歌并没有明确的分类，既没有从季节上来区分春夏秋冬，也没有从时间上来区别子丑寅卯。它的排序较为随意，但我又不能说它是无序的，就像生命的诞生，看似偶然，其实又包含着必然。如果说一部诗集就像一个完整的人，那么，其中的一首首诗你不妨看作是他的肢节、骨血和经络，正是这些构成了一个有机生命体。我在诗的行距间听到了生命的呼吸，有时急促，有时平缓，有时痉挛，仿佛云朵在风的推动下擦着山脊飘过，接触的那一会儿有灵魂的战栗；我在汉字中正心诚意，有时肃然，有时洒脱，有时悸动，这中间的情绪起伏和恩仇快意端与我的身体同气连枝。

　　诗集名《渐近线》是夜鱼老师定的，她像医生对待病人一样对它进行了修订和整理，无疑，这方面她是行家，为其命名也是友情和能力赋予她的权利。还有向天笑老师、石高才主席，以及向辉强等朋友对此诗集的出版提供了有力帮助，在此，一并感谢。

　　行走是一个人固有的宿命，这生命的轨迹是必然的历程，所以，一个人的阅历和见识无不包孕其中，一个人的喜怒哀乐也需要它的体认，通过书写来呈现虽不能包含全部，但无疑能加深行走的意义。

　　我走，故我在。

胡耀文
2023年5月

目 录

001　笔直抄
002　湖滩
003　过桃花峰
004　黄昏,在松栖园
005　雨后断想
006　周末有寄
007　我进出世界的三种方式
008　给薇依
009　扯草经
010　春天的女郎花
011　深渊
012　时光书
014　野苇荡
015　渐近线
016　春笋拔节
017　回风巷

018　狗血桃

019　头上的风景

020　小站旧影

022　西流溪

023　小村撷影

024　残缺之美

025　死者守望村庄让人羞愧

026　山间剪影

027　我羡慕这样的诗

028　字典

029　晨光下

030　风中

031　夏夜虫声入幻梦

032　枇杷树

033　红麦苞和白茅根

034　蝴蝶尖叫

036　再遇白鹭

037　奔跑的火车和少年

038　在悬崖间寻找铁

040　干草垛

041　雨村一刻

042　花纽扣

043　灶台与炊烟

045　冷却
046　形式主义的雀巢
047　局部的热爱
048　初秋的水皮
049　燃烛闲情
050　北窗见
051　高压电线上的一根羽毛
052　药方
053　昨日
054　词语的纠缠
056　夜：飞翔
057　星群桂冠
058　树的复数
059　柳枝的摇摆契合着我的脚步
060　众草抬着闪光的露珠在起舞
061　灯与影与我
062　晨读阿赫玛托娃
063　抱湖有愧
064　碎浪词
065　梨树芬芳
066　湖水的多重性
067　雨
068　那些熟悉而陌生的片刻

069 钥匙

070 画面

071 我看见……

072 头戴栀子花的女人走过公园

073 倒悬

074 白鹭来过西流溪

075 沟壑纵横

076 偏瘫者说

077 在那绿色丘冈上

078 反向论

079 斑鸠的叫声

080 凌霄花翻过院墙

081 遥望石碧山

082 长雨夜

083 眼药水

084 密码书

085 前湖半日

086 窗外

087 在新畈

088 陈家山上

090 鹿在圈中

091 楸树群

092 溯流寻踪

094	无名鸟鸣涧溪图
095	深林有轻风
096	搬书记
097	老苋菜
098	宁静的一日
099	五月的金银花
100	月季长廊
101	梨花峪
102	秋日渐长的影子
103	以雪煮酒
104	在白雪的另一侧
105	在坠入白色深渊的梦里醒来
106	小于我大于我
107	罗布泊和大耳朵
108	作品Ａ号
109	在桥镇
111	寒溪一瞬
112	布娃娃之歌
114	春意浓
115	在蒙尘的时光中起身
116	青山水长
117	羊姑岭植刺玫记
118	春溪暮色月半圆

- 119 春山如晤
- 120 小院之春
- 121 踏青的人醉倒花丛间
- 122 早行人
- 124 铁环
- 125 秋色
- 126 独角小兽
- 127 平分秋色三杯酒
- 128 坠枝头
- 129 七月半
- 130 幻觉之鱼
- 131 秋月夜
- 132 刘通河
- 133 落叶令
- 134 原来
- 135 空蜗牛壳
- 136 山间小憩
- 137 夜半敲门声
- 138 道路弯曲
- 139 秋蝉,秋风
- 140 是谁将骨头留在了高山上
- 141 白露
- 142 看流水

143	繁露
144	松林
145	处暑辞
146	手语
147	击木听雨话秋凉
148	一面之缘
149	飞走吧，蜜蜂
150	雨色
151	樱枝花环
152	秋半
153	伞之灵
154	偷光者
155	十二棵金合欢
156	给父亲
157	车间里
	——兼致金子
158	丝瓜在风中
159	笑天螺的黄昏
	——兼致理坤、锦明
160	天堂的名册
161	夜晚，水牛
162	空山
163	暮色私语

164 熊家境,晚春

165 刚刚好

166 在上海巴俪赞酒庄虚度时光

167 明月夜

168 门环

169 作品B号

170 聚会

171 夜行火车

笔直抄

这世界,几乎没有捷径可走
就算你想直来直去

从一颗心奔赴另一颗心
是最远的距离

江山易改,人事代谢
新时代的高铁缩短了空间

从前的邮路,在两个人之间
变成了一道肉眼看不见的电波

我们的痛苦正是来自这里
它不因提速而能抵达彼此

湖滩

黑野鸭在这里现身
应该有五只或七只吧
它们,在新生的苇芽间觅食
渐涨的春水淹没了
它们的蹼趾。一只飞倦了的
白色水鸟
落在鸭背上休憩
是误将它当成礁石了?
有捕鱼人经过
手中的渔网在阳光下
闪着银光,这片安静的
湖滩,起风了

过桃花峰

桃林埋伏着鸟声，有斑鸠、八哥、乌鸦和
麻雀，它们听到了人的动静。在傍晚
它们是隐身的侠士，用各自的招数表演着。
铁链拴着的一条大黄狗，叫声猖狂
却像一个落败的武夫。这多么有趣
有人来了。他们沿着林间小路来到一处
娱乐场，蹦蹦床上跃起笑声。这是
我途经桃花峰的一幕——
彼时，天近黄昏，月色晦暝
我在喊泉旁，留下一声没有回声的呐喊。

黄昏，在松栖园

暮色，先是在枯苇蜷缩的
水面上刷了一层，
又将空旷田野刷了一层，接着
它来到上八字门并试图按住
屋宇的灯火。黄昏
总是准时到来。松栖园
一棵高大的银杏树枝秃了，而旁边
另一棵松柏却绿意盎然，植物们
也在领受各自的命运，对此
我们无话可说——
岸语和笑笑在忙着拍照
木质门扉，留下女子的倩影
我们移步堂屋中，电灯光将阴影
推出门外。喝酒、烹茶、吟诗
……不知不觉间，暮色远去
村庄在黑夜中被灯火抬着
浮了起来。

雨后断想

周国平说上海之大,拥挤的人群
鸽笼般高贵,放逐阳光和土地

这是1988年的真实。而我的朋友
刚去上海,为着生活的碾轧和梦想

作为异乡人,她是否有加入繁华的
兴奋?我的担心有些多余

这几天,湖北多雨而上海阳光朗照
我像一株忧郁的植物——

需借助酒的浇灌。思念
仿佛疏密有间的雨滴,飘在空中

周末有寄

你若不来,栀子花白白地开
湖水空空地蓝,小龙虾
在洞里吐着泡沫,不肯上岸

芒种已至,夏天开始发力
你若不来,谷酒自己酿着自己
向着那香郁的浓度,攀升

我进出世界的三种方式

这一生太过漫长，或相反。用文字构筑信仰
是必要的。做不了那灯盏，也可以做一个提灯的人

虫鸣、鸟叫，若天籁之音。深寺木鱼和暮鼓晨钟
敲打着永恒寂静：雨打乌篷，风吹离草，雪盖梅花

取出暗夜的种子——黑芥菜。用汗水浇灌诚实的土地
获取自己一手一脚付出所得，安心品尝粮食的光芒

以上是我进出世界的三种方式，借由这通道
我得以在此混沌尘世，自由地出入

给薇依

对你怀有崇敬之情、降卑之心
这是你并不需要的
苦难成为你自我救赎的高岸
你知道：实践是一种美德
在低微的尘世，身临苦难必须戳穿谎言
"上帝死了"，或者"上帝永不在场"，都不意外
我们来到人间，是小概率事件，离开才是必然
"接纳虚无"吧，你说："让光和重力主宰这宇宙"，
这浩荡人世，"善与恶的选拔赛"还在前仆后继地进行

扯草经

写下你的名字——草，漫天的绿
在江南迷蒙烟雨中，呈现蓬勃生机

平凡而朴素的、卑贱而坚韧的生命举起
众多的小名：牛筋草、苈苈草、鸭跖草、益母草

女郎花、马齿苋、遏蓝菜、卷茎蓼、蒲公英、看麦娘
稗草、网草、水莎草、扁秆草、牛毛草、狗尾巴草

缤纷名字是说不完的。这些草，人吃过，畜生吃过
这些草，锄头吃过，镰刀吃过，火也吃过

农事正盛的时候，我双手沾满了草的汁液
我必除之而后快，一转身
"草从我身后长了出来"

春天的女郎花

这是我的经验,我来告诉你:
一种学名叫败酱草的苦菜
能清热解毒,杀菌消炎。在春天
你到田埂地边,油菜蓊郁的垄间去找
总能找到,它有锯齿状绿叶
娇怯怯弱小的外表,味感苦苦的
食用时,佐以白糖、米醋、鸡精
香油和盐必不可少,凉拌时
过水轻焯,加入姜蒜更妙
民间俗称苦苦菜的菊科草本植物
也有人叫它天香菜,或女郎花——
卑微、美好,听着有点心疼
我曾在牙疼的时候,谨小慎微地
用发涩的嘴巴品尝了她

深渊

恐高者。过敏症。白日梦
——逝水蓝色的深喉

不要试图安慰一个哭泣的男人
颤抖者自有颤抖的缘由
当我们无视：柔波之下的暗流

汨罗江上，当殉道者纵身一跃——
深渊即是道路

时光书

这是一个令人惭愧的大词
——时光
当它缓慢而有力地
从我们身上带走

幻想、轻浮和青春
十字路口
曾经有一串徘徊的脚印
坐在岩石上的

沉思者,那在黑暗中
辗转反侧的可敬的灵魂
那些轻信的人
还沉浸在世界巨大的

未知中。你和我
用曾经流过的汗水
进行着自我安慰和救赎
在相当长的一段日子

肯定和否定交换着
彼此的身份,一扇门,始终在
敞开和闭合之间。时光
从不抛弃,我们当中的
任何一个

野苇荡

白色或者蓝色的水
在野苇荡,这是
阳光或乌云下,以及你
站在岗坡上和苇荡前
所看到的不同色调。
一个少年,曾长久地在此
呈现野性的一面。
世界隐去其大,隐去复杂性
只留下寂静,和奥秘。
一个赤条条单纯的人
在浅水中,享受鱼虾轻啜脚趾的
快乐。风儿在苇叶上
做着永不厌倦的功课,水鸟
将啁啾送到耳边。
整个白天不觉就过去了,暮色
也渐渐关上门,送你离开

渐近线

已经很努力了,并且
有相交的可能——
一根弧线和一根直线,它们
被一种执念吸引,并为之坚持。
世界变得狭窄。它们很努力
并且,有相交的可能。会合点
是在眼前,还是在千里之外?
无人知晓。虽然
都有被阻滞的经验,但总归
要为自己的野心找一个执着的理由。
想想看,人间
风雨浩荡,是不是仍要
为这两条日渐疲惫
却充满向往的渐近线
鼓与呼。

春笋拔节

年年有春笋拔节。
我家后山上
翠绿一团,竹间风带动一片
婆娑的踪影,仿若有无数小人儿
在林间低回、戏耍和
窃窃私语。
年年有少年长大。
炊烟稠密
只是一个好听的词,春笋
自顾自长着它们的身体。
来自城里的客人,用怯生生的
手法采笋,却是
可爱模样。那些刚刚露头的
笋尖,在风中
努力挺着稚嫩的身躯。

回风巷

这里,风儿也能驻足
或者说,它也有围着一个巷道
转圈的迷惘。衔泥的燕子
从巷口飘进来,像一个黑色精灵
将巢筑在土墙高处,等待着
风儿剪彩。闲人席地而坐
两个或三个就一出乡戏般带着
故事的节奏。天气渐热
回风巷乘凉的人逐渐增多
心照不宣地交换信息
传递着东家长或西家短
这是上个世纪八十年代的事。
清明,我回乡扫墓
所见到的回风巷是一段倾塌的墙垣
人们将新房建在别处
规划得整齐别致。细皮爷
用新买的手机听着楚剧
对经过的我说:
晚上来家喝一杯吧

狗血桃

名称粗陋,也没有败坏胃口
倒让我联想到一个地名——杀猪湾
小时候多么贫穷,到杀猪湾偷桃子
是一个少年稀有的乐趣。而现在
我们让桃花成为一个节日,狗血桃
也贴着生态旅游的标签。少年们
来到桃花寨,他们的兴奋点多到不可理解
——农事转变了风格,这让他们感到稀奇。
但几代少年人的欢乐应是一致的——
我们没有将欢乐让位于贫穷,孩子们
从狗血桃上,尝出了幸福。

头上的风景

乌云纷坠，青藤抟丝
我们用茂盛证实着年轻的含义。
年少时节，我们喜欢
风从海上来，喜欢白色或红色的
花朵。那攀上我们高处的
青蛙，在黑色丛林里鸣叫出
缤纷爱意。那纷飞在我们顶峰的
蝴蝶，凭着一种独特的香味
爱上了自己的生活。
时间，是伐木的刀斧手。
我们在季节的轮回中，松开了
握紧的拳头。就像一块
无人打理的土地，空芜和荒凉
站在了舞台中心。
我们进行着物理上的移植，或者
用棕黄色，来点缀一遍
失落的爱情。变化着不同手法
只为唤回昨日的情义？
哦，我们头上的风景，那日益
衰败的，一去不回的青春……

小站旧影

多少年了？好多次坐车从小站经过
匆匆瞥一眼它破旧的灰色穹顶——
那下面，候车厅安静，沸腾的人声
已埋入幽深历史

铁山火车站。我在那里坐过绿皮火车吗
我在那里捡拾过废弃的煤果吗
就在折返段
燃煤机车加煤添水的地方

那黑塔似的火车头排泄出来的煤渣
是抢手货，附近村庄来的小孩不等它冷却
就用小铁齿耙在冒着青烟和火星的灰堆上寻找
就像在收获过后的地块上翻找漏掉的土豆

多少年了？我和姐姐沿着长长的铁轨
沿着枕木路，在清晨，匆匆赶去铁路小站
去捡拾那还能给土豆提供热力的废煤果——

如今,荒凉小站就像一座停摆的钟
静静地蹲歇在那里,新型内燃机车从它身旁
疾驰而过,头也不回

西流溪

没有人能听懂溪水的语言。西流溪
经过我时,我在梦中。
我黑色眼睛里,映出瞭望之翅,
看一匹白练,在秋日里瘦成一根棉线。
西流溪,它终日不息的絮语让有心人听到但
没有人能听懂它的言辞。
我只担心,过度的瘦弱会影响它的美感。
一条溪流从不属于任何人,没有人
能强迫一条溪流按照自己的方式说话。
但它有表达的欲望。
当我经过西流溪时,是在
白天,我听到了它在自说自话,只是啊
我不能将它的意思,翻译给你听。

小村撷影

宁静乡村,从第一声鸟鸣开始醒来
在小镇,多少个失眠夜晚
我走向小村的脚步成为虚拟情节

犹记得村口那棵高大皂荚树,
灰喜鹊终日盘旋的硕大巢穴,仿佛一个村庄的灵魂
在培育着古老的教谕

那十亩见方的荷塘,夏日里荷叶婆娑如盖
红蜻蜓立在初圆的莲蓬果上,随风摇曳
晚风给纳凉的农人,带来阵阵清香

芭茅和艾蒿遮掩的小路,晴天土色光亮
雨后泥泞不堪,一个追蝶的小男孩
曾迷失在那里

水塘是一面具有记忆功能的镜子,映衬着
小村历史,捣衣妇是传说中的端口——
从镜子里长出往事飞翔的翅膀

残缺之美

酱紫色黄昏,打桩机轰鸣如雷
白天的浮躁向暮晚漫延
桥畔,无头石狮
缺失部位掉进了溪涧黑色淤泥
港南景观路,一排带刺玫瑰
铺向少女们枕边,预备提供迟到的花朵
我赞美这黄昏,但不赞美浮躁
我赞美深埋淤泥的脑袋,但不赞美芒刺
我赞美幽暗处萌生的思想
和它那从残缺之美中建筑的浮屠——
众多的伤口,慢慢敞开,像延时的花朵

死者守望村庄让人羞愧

在太平山
埋葬死人的地方有坟山、望坟地、柑橘林，对面山
住着活人的地方有东厝、西厝、下搁、畈中间
生死相依，莫过如此
慢慢地，一些人陆续离开了村庄
有的是读书考出去了
有的是在沿海城市做了农民工
有的是方便小孩上学到镇上买了住房
这村庄，以往人丁兴旺
但现在居民越来越少
只有逝者不离不弃，坐在
那几处高而静的山丘上，默默地守望

山间剪影

深入一座山,干什么
看景的人,探幽的人,也许只为了那山的名头
我也慕名去过武当山、庐山、龙虎山

但我最熟悉不过的还是太平山
它的丰劲峰植被丰富、荆棘丛生
在浸早微明的光线中,有砍柴的少年

有没有人体验过:
从巉岩、荆林、刺蓬、杂草中向上攀登
尝试着开辟出一条陌生的路

第一次被刺所扎,除了痛,还有一种成就感
这类似于用血给一座山留下红色印记
从此,两不相忘

四十多年过去了,那个曾深入大山的少年
是否还在生活里继续砍柴——
那欲望纸本上的空白,需要薪火之力

我羡慕这样的诗

我羡慕这样的诗

用词语堆积世界的形状

用语言探索世界的本质

给命运带来多种可能

不动声色,像一个特工隐藏着真实身份

在微笑中用力折弯自己

背后,是随时准备出鞘的利刃

我羡慕这样的诗

从某个词中,让人看到它的轻

犹如沉重世界逸出来的部分

里面,必定有至少一种植物用以

衬托现实的完美,放弃细节

可能带来的模糊,披着时间的吉光片羽

我羡慕这样的诗

用脆弱来回答坚硬,毫不迟疑

逼低处的流水去往高处

像操持一种熟练游戏。

让你读后

会心一笑,或若有所思

字典

我只要汉字的八万里江山
其他什么都不要
打开来,是一个个方正形体
用骨骼支撑起历史的恢宏
是谁,抱着胸中块垒,出而沽酒
漫漫长路,清风竹影哂然一笑
一群不甘寂寞的人,终其一生
要走出字里行间
沉潜不语时,竟被人间幻影撩拨
在词语深处发出阵阵啸叫
灰尘无遮无拦
像一种隐疾,那些在文字中挣扎的生命
日复一日地,往身上穿一件
名叫墨香的——"药衣"

晨光下

长夜抬起头。睡眼惺忪
高山上,有鼓腹之人迎风而立
一条憋屈之河,带着
历史的暗影,时光的旧疾
隔世的沉渣,虚无的泡沫
一泻而出
长江般滚滚东去

风中

风吹拂她的白发——
在黄土山、桐子垇,那个牧牛的妇人
是我的母亲

风吹拂着她单薄的身影——
初夏的麦地上,抚慰的风
深冬的红薯地,恼人的风

风吹拂她的青春,她的艰辛
她的痛和快乐,也吹走了她的爱人

斜风细雨中,那挑着沉重稻捆
那担着满筐红薯的蹒跚身影,是我的母亲
身后,跟着她高矮不一的六个孩子

当我忆起故乡的泥泞
"在风雨中訇然作响"
从此,我就有了爱和精神的根基

夏夜虫声入幻梦

夏夜,鸣虫在用声音织网——
它可能是蛐蛐,也可能是油葫芦
这些会摩擦翅膀的小精灵
用那柔柔的夜叫之网,抬着一个浅睡的人
在黑暗中潜行,将他从城镇转移到
乡村静谧的摇篮——
蓦然间,在江南夜凉爽晚风中,出现一双
温柔的手,轻轻摇荡着睡笋——
将一个中年发福的男人,渐渐缩小为一个
襁褓中的婴儿

枇杷树

金色灯笼,用佛性之眼观照你的一言一行
烈日下,枇杷树是坐禅的圣人
是一位善良母亲,日复一日,在那个夏天
编织绿荫草帽,带来清凉
为什么我所喜欢的必有失落
为什么枇杷树只是一个幻影
我在这浩荡人间的第五十五个夏天
枇杷树依然降临,像一个坐禅的圣人
像我的母亲——
在我左边,在我右边
在我前边,在我后边
在我四围移形换影,拽着我的疑问
不撒手

红麦苞和白茅根

在乡下,一些野生植物是可以食用的
比如麦苞和茅根
这些生长在旷野的生命
构筑了一个乡村孩子完整的童年
麦苞红在麦子成熟的时节
在地坑上,山腰处,总能寻到它们的身影
你采摘它时需要小心,它的刺
类似于一个孩童单纯的脾气——
是面对强者时,用淘气表达出无奈
茅根在地底盘根错节,盛夏时较为粗壮
适宜用小铲轻轻地挖掘,它的汁液
带着泥土的香甜。是的,泥土味
是它的特性,它的根扎得越深
土味就越强烈,你必须透过土味才能尝到它的甜
久违了——
红麦苞和白茅根
我麻木的味蕾,被你们激活了

蝴蝶尖叫

蝴蝶来到课本上
宣布我的童年正式结束
并且,带来一个传说——
"梁山伯"。小时候
我们到野外去捉蝴蝶,正是
这么一本正经地对大人说:
我去捉"梁山伯"去了。并不理会
一个人的名字是如何与蝴蝶关联
而残忍与快乐又是如何同时
绑缚着一具具幼小的身体——
我们用尖刺扎进蝴蝶的尾部
哈哈笑着,看着它在痛苦中挣扎
全然不知道,那挣扎也是自己的命运
九十年代初,乡镇办事处,联防队员
夜巡时,抓住一个偷窃煤矿废铁的人
吊在窗子上,用木棍戳他的屁股
类似于孩提时捉蝴蝶的游戏
蝴蝶的"尖叫",一直存在
虽然微弱,但仍顽强地穿过时空

从拖着木刺的身躯上传来
从失血而干枯的标本里传来
从日渐衰老的肉体中传来，带着
道德的裂纹与无尽的悔意

再遇白鹭

像一个洁白的词在体内建筑寺庙
白鹭,宽阔的翼展
西流溪上空,当我再次看到
一个白点从天而降
我被点亮了
被那洁白的闪电,温柔地灼伤

奔跑的火车和少年

奔跑的火车像个少年

有不竭的精力

它出站和进站有两种表现

出站后提速疾跑

进站前放缓脚步

我的村庄离铁山火车站不远

从武汉驶来的火车,经过时

却不得不放慢脚步

它见到在铁路边放牧的我

还要客气地鸣一声汽笛

像给偶遇的好友打声招呼

奔跑的火车载着少年的梦想

驶向渴望的远方,这少年

是贫穷乡村希望的复数,是一颗颗

驿动的心,追着火车奔跑

跳跃着

在中国南部丘陵涌动的波涛上

在悬崖间寻找铁

矿脉呈带状分布
认定了
就可以沿着它的路径去寻
如果说铁山是钢铁粮仓
我们这儿可以类比为粮斗
寻找铁窝,一度是村人
日以继夜的追求——
有人寻到了大青山的崖涧
这地方,四面高崖
底下却是黄土窝,想办法
钻进去,随便一挖一掏
就是大大小小的黄褐色砣砣
捷足先登者还没来得及高兴
后继者却蜂拥而至
这故事里的事,无非是
扯皮拉筋或者利益均沾
我曾在高崖上驻足
凝望大自然的丰饶富有
暗自思忖——

这高处和低处的铁
倘若是我,将会选择哪里
作为自己隐秘的藏身地

干草垛

移动的干草垛和消失的干草垛
轮换着走进我梦乡——
仿佛用名词交换动词
用消失隐喻存在
那些脱粒后枯黄的茎秆
变得柔软,堆起来像座小山
或在禾场边,或在大路旁
阳光抚摸一遍,它就金光闪闪
有人用它垫床,有人用它喂牛
草垛丰腴的身体,在秋风中日渐消瘦
母亲带我去草垛旁搅草把
旋转的搅棍,将干草送往饥渴灶膛
夜晚捉迷藏,我最喜欢藏身于干草垛内
有一回,我在它淡淡的清香中睡着了
直到伙伴们散去,月亮升起来
秋风远远送来,母亲唤我回家的声音
这才离开

雨村一刻

先是,乌云来了
一条四角张开的毛毯覆盖了小小村庄
这一阵突然的黑,黑得寂静
人不知道哪里去了,动物也默不吱声
只有风在做着它的作业
摇晃着大小树枝,哗哗作响
闪电光临,这时你看到
惊慌的人和发呆的人以及
在雷声中捂住耳朵的人
我站在土屋檐下,等父母回家
雨落了下来,直着落,飘着落
胡乱落,在地面上发出劈劈啪啪声响
在瓦面上发出嘭嘭声响,在水面上
发出啾啾声响……
雨一落下来,天色由阴暗转亮了些
雨丝银光闪闪,仿佛落在人身上
并不可怕,父亲和母亲
湿淋淋地回到家,一放下农具就
齐声说:
终于可以歇口气了

花纽扣

有一次,我因贪玩
弄丢过一粒上衣扣子,母亲找不到
合适的扣子来匹配,就把我那件
灰衣服补上了一粒花纽扣
四粒黑扣子中加入一粒花扣子
怎么看,都像规整队列中出现了异类
这让一个腼腆少年心生芥蒂
踌躇着不肯穿,我害怕
来自村人和同学的讥笑
当我的身体在年轮中拔节
以至无衣可穿时,我还穿过姐姐的花衣服
这让我,在一些人的戏谑中
慢慢磨出了"厚脸皮"
往后的日子中,我常常仰仗着这张
"赤"出来的脸,对贫穷报以微笑
与苦难和解。必须感谢花纽扣
它像一个印章,留在我的生命中
给我忐忑不安的青春
盖上了"安全通过"的证明

灶台与炊烟

三尺见方,厚厚泥砖垒筑
土灶台,是生产炊烟的车间
乡村暮晚,炊烟迷人
召唤放牧少年们,召唤
辛勤劳作的父亲们,按时归家
这炊烟,有时丰腴,有时又清瘦
人站在村后山丘上,能根据
袅袅炊烟的长短、胖瘦
猜想到,谁家的饭桌上加了道菜
谁家的口粮
紧缩成了一根瘦瘦的红苕藤
当我的视线越过灶台时
锅里的清贫,一目了然
母亲作为烹调负责人
对儿女们有着执着的热情
有一天,她将煮熟的红苕捣成糊、压成饼
加点麻油烤制,那滋味香脆、酥甜
满足了我蠕动不安的胃
可母亲,怎么总是那样瘦呢

时日渐长,炊烟滋长了我的高大
却熏得母亲越来越瘦小了

冷却

街角铁匠铺,炉火早已冷却。
打铁人不知所踪。我缺口的锄头
站在屋角呻吟。那滚烫热烈的炉火曾照亮
一代人的勤劳,如今消失不见。
红脸膛的铁匠,我叫他陈老表,是个
魁梧汉子,打造和修补铁器时
有着严肃而认真的表情。那叮当单调的
韵律,一段时间以来,反复在我耳边回响。

偶然经过老街,让我忆起陈年往事。
寂寞又热烈的炉火,如今到了哪里?
离开农事好多年了,锄头的悲吟
只在梦中听到。我不知道
一颗冷却的心,是否仅靠回忆,就能点燃。

形式主义的雀巢

一个路过换绦园的少女,抬起头
往合欢树上看去,树丫上,那以假乱真的雀巢
吸引了她审视的目光。她驻足,一探究竟
明了这是假的,旋即离开。

傍晚,这些雀巢上亮起了灯光,但发光的不是雀蛋
是电灯泡。除了几个在附近玩耍的孩子,它
已经不再能吸引人们的视线。

灯泡占据了雀蛋的位置,它隐蔽的光晕,像笑脸
流露出鹊巢鸠占的暧昧感觉。但这些假雀巢
所在的位置太低了,不会有任何一只鸟儿降临。

局部的热爱

不必讳言,我的爱是狭隘的,就像
蜂鸟爱着忍冬花,湖水爱着低地。我只爱
一个名叫太平山的小村庄,那里的山丘上
埋葬着我先人的骨殖,那里的田畴中
有我亲人劳作的身影。
多么狭小的幸福,又是,多么丰厚的幸福。
荒芜的地块弃置了挖掘的农具,那上面
新栽的樟树,挺起一片绿色风篷。
祖父的油灯,闪着幽暗的光,冻结于
旧时代水深火热的裂变。
颓败的老屋是梦中剧场,逝去的父母身影
依然忙忙碌碌,在进进出出。
我无法忘却自己家族的贫寒,以及过往
逼仄的生活:我的青春,我的梦,我的
被俗世光阴搬来搬去的激情,这些,都加深了我
对这不可斥夺的局部爱恋的理解。

初秋的水皮

初秋依然带着夏天的体温,只是傍晚
池塘的水皮渐生凉意。一群孩童
在水中嬉戏,抛洒落日闪耀的碎银。

时代进步,是否包含水戏的变迁史?
犹记年少为水狂,赤条条
裸泳于乡村水塘的怀抱。

夏天某个周末,同事们相约
带孩子去黄冈嗨派蛙水上乐园。兴尽而回说:
我的儿子在水中
变成了绿巨人——这当然不是呓语
是他们戏水的收获。

我仿佛听到,淋漓处,玩水之人快乐的歌吟。

燃烛闲情

关掉电灯。点燃一支蜡烛,让夜色
从四面八方包围过来,围绕这黑黢黢
房间里的一点光亮——这是
独居之人,在复制一种浪漫仪式?
从那摇曳烛光中,浮现出一张姣好面容
微笑不语。成一个中心。烛光
移动暗影,上演剥离往事的默片。
在这个幽暗房间里,往事如潮,冲刷着
一个人内心的坚壁:你可知道
我们忙碌的生活,有坚硬的盾牌,丢失了
太多美好和柔软,而且
缺乏这种仪式感,已经太久了。

北窗见

换绦园横跨大港,遮蔽一段流水的呜咽。
北窗外,这个小游园
是停驻我视线的最佳截面:我在书桌旁看书
写作,偶尔抬头,香樟和合欢树围绕的
园子,总能从寂静走向喧嚣——
我说的是晴天,无论早晚,一些无所事事的老人
三三两两,会不约而同地聚拢来,各寻坐处
彼此交换记忆的光亮,或者,儿孙们孝顺的戏码。
不久前,当地政府将这处园子亮化升级,树上
装饰了雀巢样灯盏,给夜色增添了一丝氤氲——
年轻的妈妈们,推着童车来游园,收获了另一种
快乐。在白天,则经常有各类促销活动;周末
或节日,生意人则来抢摊,这种时刻,换绦园
别开生面,蓬勃着活力,只是这重复的喧嚣
进一步掩盖了它脚下,流水的呜咽。

高压电线上的一根羽毛

羽毛很轻,在高压电线上
它像一个活物随风摆动着
复仇的快意。它将孤单拧紧在那里。

它来自一只什么鸟?它的灰色
多么纯粹,像乌云家族走失的亲戚
还没有收到寻人启事。

它紧贴着电线,像怀抱亲人那般亲切
不愿撒手。莫非,它要从高空寻求力量
证明孤独者生存的要义?

一根不甘失败的羽毛,脱身于
一个轻盈的生灵,它改变了生存模式,将在
缓慢的腐烂中,获得明天。

药方

金银花、连翘、紫花地丁、大青叶、野菊花
可以清热解毒。

桔梗、贝母、杏仁、半夏、枇杷叶
可以平喘止咳。

这些大地上的花花草草，在药罐里沸腾时
最为神气，最能了解一个人的心肠。

哦，世间百病都有对应的药方，唯有
我满眼的忧伤，无药可医。

昨日

当我写下昨日,昨日已成黄花,
成为失真的记忆。

我从一根柳丝上,追寻风的线索,
从一首歌的低音部,追寻爱的沉吟。

那一个个清晰身影,追寻成模糊,
一段段悲欣往事,追寻成花絮。

昨日何其多,明日何其少——
我必亲手翻阅这时光之书,到尽头。

词语的纠缠

一旦事情进入到无序层面,就会
有热寂现象产生,我们彼此消耗着
像两个流行的词语。

"躺平"或者"内卷"都不是最好选择,
我更愿意看到"奋斗"和"希望",尽管
希望正是失望的肇始。

词语的纠缠,怎能不说到"爱"和"善良"
以及它们创造的奇迹——
在穷人身上,这两个光辉的词堪比黄金。

年少时,"贫穷"和"自卑"纠缠过我,它们
被我视为"奋斗"和"希望"的基石,"爱"和
"善良"的酵母,以及人生进步的阶梯。

现在,"疾病"和"衰老"瞄上了我,这是
在我年富力强时,将生活反复修正后,仍然
无法回避的结果。

所幸，我还保留有"洒脱"和"无畏"——
这一生，我消耗了太多的词语，但总有
两个彼此纠缠的词，让我热爱和心安。

夜：飞翔

静夜。一只灰蛾
轰炸机。是否
有一个卓绝的驾驶员
从窗户的缝隙，穿越
奇异梦境。小小飞行器
撕裂空气之声，一个沉睡的人
孤独被擦亮
当孤独者沉入
黑暗旋涡，时间丧失自我，
大地像一枚树叶，悬浮
太空：所有哑默的灵魂
在飞翔。

星群桂冠

星群旋转。在那遥远天边
物体的引力正与光速相抚慰并
建立一种探索机理，被认可。
脑洞与黑洞，具有意识的两面性，它们
善于在创造中相互勾连。当
庞大发源于尘埃，世界轰鸣于
无中生有；当闪烁群星，来自"一"和其
分裂的碎片。我们需要不断推倒
心中壁立的高墙
发现新秩序的意义——
那不灭星群，正是地球的桂冠。

树的复数

尽量多种一棵树,如果可能
群鸟会用叫声锁住绿意,它们的巢
稳稳地安坐于高大树丫上,与
拔节高楼相互映衬。
不必说出每一棵树的名字,风之侣伴
形胜于舞姿多彩,它们相互挽留
在所有之地产生爱情——
树的复数,是负离子应运而生的
复数,是生命经过艰苦跋涉,认领了
绿色安慰的复数。每一棵树
都爱着脚下泥土,爱着抚慰之手。

柳枝的摇摆契合着我的脚步

万千丝绦垂向水面的时候,风儿来临
柳树的细腰何其柔软,将一个喻体指向
胭脂舞台,这一幕,看见的人必
心怀感恩——

傍晚,我沿着西流溪散步
柳枝的摇摆契合着我的脚步,仿佛
我们同在一首舞曲的韵律中。这多少
有点让人心旌摇荡或心旷神怡。

我要致谢那大能的手,它引领我
行走在,万物一致的命运中。

众草抬着闪光的露珠在起舞

在农业的清晨,锄头是一个犀利的词
铲除的欲望,指向庄禾垄间草

而坪上草则别有一番命运,它们用
紧密团结,保持着体面和尊严

有人锄草,就有人植草
草,却缄口不谈自己的价值

它们多么富有——
广袤原野上,众草抬着闪光的露珠在起舞

灯与影与我

投射到地上的你捡不起来,这些
闪亮斑点连接一起,如同致密之水
泼向地面。光源,从一个单纯中心发射出来
像一群孩童,在玩着跳绳游戏。
从第一束光起,历史就融入了月光
协奏曲,搬运暗影的群山,不断向前。
生活,有了光影,就有了丰富的温度,有了
将文字从白纸上提纯的能力。如果灯
是一个明亮而温暖的名字,影则是派生的
动图。一直以来,我热爱着灯与影,因为
我的影子就被灯光所抚爱,镶嵌在
孤独与狂欢的动荡之间。

晨读阿赫玛托娃

一首诗,总比我更早
醒来。
阿赫玛托娃——
"俄罗斯诗歌的月亮"
当我在这个夏日的早晨读到她:
"……我被突然射来的光线所温暖,或者
被你的话语?"*
窗外,晨光给彩虹大厦
镶上了一道金边,仿佛有
某种救赎力量正在形成。
有个人对我说:
她死去的那年
你正出生。
(*阿赫玛托娃诗句)

抱湖有愧

倘若找到一个等式,将湖面
等同于天空,这样一来
跃向湖水的人,无异于长出了
翅膀
在天空飞翔。
三山湖,蓝波下
柔软的湖水有摄魄之心
敞开来,接纳彼此相爱的众生。
我羞愧于这自由的拥抱——
这短暂的安慰,连水藻
也不留恋,它们将修长手臂
伸向了
鱼群涌动的地方。

碎浪词

凹陷盆地,托起湖水的整体性。
碎浪来自微风,更来自
有深度的水立方——
在三山湖,你几乎看不到咆哮的水面
多半只被碎浪柔波牵引着
视线。
那被湖水囚禁的人,是
幸福的吗?
无数次流连在这里,我只晓得
至少我灵魂的三分之一,就
糅融在这温柔的蓝波里,连接着
湖水整体的气质。
是了,这宽阔湖面
是一本大书,我愿意是碎浪,是它的
一个轻盈的
单词。

梨树芬芳

来凑热闹的人，应该感受汗
如雨下，让36度灼热
逼出梨树芬芳：
七月十日，是三山湖农业生态园
翠冠梨采摘开园的日子。
曲折小路，缓缓坡度
比较适合慢慢走。梨园深处
一片片梨林夹杂着花田，现在
是布满了游人和
采摘者——
一双双渴望之手，伸向
悬浮的水滴，这
一个个翠绿生命，将被送往
经济价值张开的嘴巴。
我与几个朋友相约，在湖畔梨园
这回芬芳的
不啻梨树，还有
我们的心。

湖水的多重性

这层级:凛冽而幽深。
这内涵:浩大而渺茫。湖水用
单纯,衍生出它的丰富性。以它
整体的呼吸,平衡局部的浑浊。
三山湖畔,
我看到的湖水有七层,每一层
都对应着一种光的
颜色。
拉出水面的鱼网,阳光下
闪着七色光,黏着湖水的钙质和
好脾气。我曾经
沉浮在湖水里,如同一个
热情的漩涡。
最爱它
蓝波下的温柔,这是
款款深情的温柔,用
亲密的水线——
缠绕我。

雨

雨有记忆吗?
为什么
新雨总落在旧地方,纵使
世界浩大,雨最喜欢的还是
江南?
我所见的这一片天空:
飞翔的雨,纵横驰骋,落在
颓败的老屋上;落在
高楼的塔吊上;落在
老父亲荷锄佝偻的脊背上;落在
远行人沉重的背囊上。
这雨,凉幽幽、泼辣辣的
下在了
它认为应该下的
地方。

那些熟悉而陌生的片刻

你有没有这种时刻,在你
准备写下某个字的时候
突然忘记了它的笔画,就像你
偶遇一个熟人,突然
叫不出他的名字——
仿佛有一种被时光抛弃的
感觉。
苍老时光里的笑容,也可悲。
如是,你努力回忆,迫使
自己倒带:
你穿过青春的雨夜,坐上
泛黄的旧日列车……
那些熟悉的场景,一个个活泼的
镜头,闪回眼前——
犹如捡拾,遗失的
珍珠。

钥匙

地球上,钥匙是庞大家族
它们的总和应该多于人口的总和——
这些高傲的小小铁器,总以为在世上
某个地方,必然会有一条缝隙等着它们。
但是,锁和钥终究是两个物事——
当进化论抬高了锁的身价,人类
只需一根指头就代替钥匙抵达锁的核心,
抑或用一个类似秋波暗送的眼神
就与锁达成了开和闭的默契。简洁
高效又安全——此时,悲伤为何物?
钥匙们纷纷跳水或者集体玩失踪
又能如何。若干年后,在博物馆一隅
乳白光晕笼罩的展柜中,一根钥匙静静地
蜷缩在灰色绒衣上,努力回忆着
自己的来处。

画面

暮晚寂静的客厅。一个中年男人跌坐在沙发上
视线盯着对面的电视屏幕,那上面:
女特工瑞秋·柯林独自一人行走在德黑兰
某条熙攘的大街上。她用一条灰白纱巾
包裹着脸颊,在商贩的叫卖声中游鱼般穿梭。
一只灰蛾围绕着客厅那因年代久远而生了
铜锈的吊灯,扑上扑下地折腾——

世间,总有与之关联的孤独和追求
为了那光,为了那任务,为了
能从自己心甘情愿盘踞的姿态中脱离

我看见……

花开了。一群婴儿诞生在黎明
雨在该下时才下，风在该吹时才吹

再没有风餐露宿的流浪者
饥渴的人面前有水和面包

世界如初开：宁静、美好
——人们在微笑中醒来

头戴栀子花的女人走过公园

这是一个而非一群。这是早晨而非黄昏
轻风拂过裙裾,纸鸢般飘逸

此刻,孤单就是骄傲
此时,视线就是悬空之语

当她走过,栀子花仿佛初开
岁月突然形成带着暗香的静止涡旋

这是瞬间赠予错觉的纪念
这是时空留给光辉的印迹——

当她走过,这公园,其实是依次走过
青春、困惑、美好、忧伤、沉重和欲望

走过爱和衰老,走过曾经愤怒的奢侈
走过万丈雄心和无能为力

其实,这是一群而非一个。这是黄昏而非早晨
她们走过公园,用完了自己的一生

倒悬

以冥王星为测点,人类是否处于倒悬之势
浩瀚星际,是谁在拯救我们——

引力场、暗物质、暗能量,抑或上帝之手
平面人生,降解了多维世界

提醒我们,不要过于相信自己的直觉
我们永不知道平行宇宙的奥秘

我们本该越来越轻
是什么拖住了身体,使之不能腾空而去

头顶之上,是广大虚空
是呼啸着离我们远去的星系

——陨落的流星,正是以死亡之姿奔赴永恒
从消逝中体现不朽

不要迷恋倒悬
不要抱着地球,死不放手

白鹭来过西流溪

六月。经春的溪流越发丰沛
带着两岸花香,逆流而上的鲤鱼的梦

我看见,一只白鹭,那樊湖中的精灵
突然造访西流溪,在初夏的一个傍晚

它亮开白色翼展,带来一阵杨柳风
盘旋着,俯视着,或低翔,或高升

临溪的港南路,散步的人在低头赶路
或流连于草色夕照,孩子们挥着五彩棒嬉戏

这只白鹭,高傲又圣洁,沿着
潺湲溪流,从西往东,又从东往西,往返飞翔

沟壑纵横

这真实的皱纹里饱含着虔诚
——我热爱——

父亲们脸上的秋天
丘陵褶皱里传递出力

这是年轮镌就的版图
是闪电在青春中留下的刻痕

现在,出现在镜子中
一张男人的脸上——

这广阔而苍茫的大地
不忍卒读且意味深长

偏瘫者说

现在,我仿佛有了分身,一变成了二
或者说,我的左半身背叛了我的右半身
我的中年背叛了我的老年,我的眼睛
抱歉,它将你看成了两个人,一个清晰
一个模糊,似乎我们一样,存在一个实体
和一个虚体,无论怎么努力都无法粘合起来
我曾经多么热爱完整,坚信"一"是一种洁癖
现在,你知道,我的骨骼一边被另一边绑架
我的肉体遭遇了一场严重雪崩,如同冬天
覆盖了夏天,寒夜挑战了光明。我受制于行走
的奴役,那高尚的右腿带着卑劣的左腿,蹒跚
而行,痛苦不言而喻。如今,我决计抱残守缺
右手决不与左手讲和,只可惜,我必须用
同一张嘴进食,并说出,这些让人嗤笑的呓语

在那绿色丘冈上

有一块地。豆苗和杂草一样葳蕤
夏日头的爱抚,日日照临
焦脆着苗禾,那被宠溺的
委屈。
一个瘦弱女人,担水上冈
一棵一棵喂养着豆苗,日复一日
那是谁?
用她那纤瘦之肩,担起一条河——
我张开嘴巴,一股清流,夹着汗味
胀满了我。

反向论

譬如镜子。譬如哲学之心
怀疑论者总在找寻正确的反面
离开即回来,哭即笑
时空扭曲成圆。我们一直走,回到了
童年——
死去多年的母亲,坐在门墩上
笑脸盈盈,迎着我们

斑鸠的叫声

一只斑鸠的叫声能送出多远?
那块不大的山岗绿地,在粮棉仓库后面
与我住宅,隔着名盛家园和一条老街,
我熟悉那咕咕咕的叫声,滞涩而低沉
一年比一年苍老。
去年、前年都听到过,应该住着斑鸠一家子。
山岗往南是锦冶路,西北是
阳光新天地小区,西南是发展规划区,
目前,已经被大型机械推为平地,也许不久
这紧邻镇区的小山岗也会被铲平。
往后,我还能听到那老斑鸠,哀婉而
不屈的叫声吗?

凌霄花翻过院墙

像一首诗,要完成翻越的使命。
凌霄花,趁着夜色翻过院墙,
透过暗影,一簇簇橙黄张开明亮的
嘴巴。
我从没想到,它会离我这么近。
南窗外,翻过院墙的
凌霄花
和我只有一步之遥——
隔着玻璃,我也领受了
这触不可及的
恩惠。

遥望石碧山

湖水涨起荡漾的翅膀。在夏天
石碧山,像个孤儿
披着一头蓬乱绿发,站在水中央。
那一年,我乘木船
登上了它狭小的领地,
杂草遮掩的小径,你往哪个方向走
都觉得惘然。
岛上,曾香火鼎盛的水月宫
成颓塌的历史,
仿佛连接着某个人的命运——
孤独的人,多年来
只能在梦中,相互抚慰。

长雨夜

用一种声音,持续覆盖别样声音
人间,突然显得单调——
谁的手,从星空黯淡云团后伸来
带给这江南小镇
局部的安逸。
只听,沙沙声、嘭嘭声
羊皮鼓上一双摩挲之手,要找到
生活中旁逸斜出的部分——
这彻夜不歇的打击声,
这液体倾覆之夜,有人试图
从纠缠不休中
逃离。

眼药水

鱼腥草从田野站起来,参与到
一场揭露阴翳的行动中——
这是醒世的眼药水,或者
开明的眼药水。当它站在书桌上
小小一瓶,仿佛蕴藏蔚蓝汪洋
不论白天黑夜,总保持着破壁而出的念头
我从文字的黑森林经过,头顶
微明星光,闪烁如魅,是鱼腥草
发起温柔的药水暴动,将我干渴之心
洗濯——
并模仿一滴滴泪水
挂在,我灼热脸颊上

密码书

我在日子的流水中蛰伏
像一个静默的特工——
在江南某个小镇
我所经过的并没有留下痕迹
数十年来,风平浪静
太不起眼了,太普通了
这个人,你怎能想到他身负绝密任务
多年后,当人们从他遗留的诗行中
看出端倪,才知道,他毕其一生
都在默默战斗——
与命运这张大网,与生活的飓风

前湖半日

湖滩带着古老的寓意
在撤退；
保安湖的界桩
略高于潮湿的滩地。
当我们一行人
在四月回来，燕子
还没有在前湖村现身。
湖水在不远处，独自喧哗
用一种平静中蕴藏着
孤独的爱意。
我们分享，高大樟树墨绿的树荫
以及泡桐花无声的奏鸣。
此时，
墓碑平静，烟花腾空。
一整片结荚的油菜
在缓慢移动的云朵下，
做着怀春的梦。

窗外

清晨,洒水车
优雅地驶过窗外,和着
婉转的鸟鸣。
除了疫情,没有一件事情
能令我着急。
街道上,戴口罩的行人
逐渐多了起来。
灰色楼群,在晨光中暖身。
流水仍然在顽强地
解放着自己。西流溪
就像一条
从冬眠中苏醒的蛇:
苍白、瘦小、疲惫
又落寞。

在新畈

驾虹山下,村庄的灰瓦
在静静的时光中
铺排一种农家情结。
村道蜿蜒,路边藕田
枯荷,还在勉力支撑着残躯。
春水渐涨的池塘里
鱼儿开始活跃身体,游动
甚至跳跃——
其实,就在当晚
它们中的一条
就跳在了饭桌上,
仿佛这是再正常不过的事情。
我多么熟悉这些鱼,这些
陂塘中的莲藕,它们的颜色
和气味;它们的前世和
今生。

陈家山上

六月八日,灵乡陈家山上
石斛花开得正艳,这野生的
兰科属植物在大棚里绽放,毫不顾及
远道而来的人们
惊奇的眼光。
山道蜿蜒,林风絮语。
三千亩林地上,屋宇和大棚
错落有致,成团成片的翠绿
是山丘包裹的风情,让我们
在火热中,生出清凉的意蕴。
枣树和林杉上,铁皮石斛将它的身体
依附在上面,在那里
它们寻求到了全新的归宿,就像经济
嫁接到了植物发达的根系上。
石斛鲜条,石斛酒,石斛牙膏
它们可能提取自鼓槌石斛,也可能来自
黑喉石斛,或者翅萼石斛。
在石斛庞大的家族中
这些奇特的名称,不可尽数。

但它们，有二十多个品种被种植在
陈家山上，在这里
它们落脚生根，并开启了
陌生而又多彩的人生征途。

鹿在圈中

鹿圈建在西坡,陈家山上的树荫
遮不住当顶的太阳。
那么,在中夏的炎热中
局部有棚的鹿圈,不太可能抵挡住
大部分热烈的光照。
鹿群
站或卧着,在低矮的棚顶下
集体沉默。
我为什么难过?
我看见一只勇敢的鹿,它走到了
圈中间,太阳底下,那里有
人采来的青草,它嗅了嗅
并未下口品尝。它是否在思念
林泉和阴凉,或者
它需要一个有林泉和草原的梦,在长长的
浓郁的夏日,为它
提供一点点,奔跑的慰藉。

楸树群

这些楸树还是少年,挺拔
又青春。它们被人
组合成一个个规范的团队
在陈家山上,接受你的检阅。
四边形,或菱形
横和竖,都能找到恰当
而唯美的对角线。阳光照过来
它们还没有发育出
繁茂的枝柯,彼此间
只能留下瘦弱的阴影。
我看到它们时
不由得愣了一会儿神,我听说
这种树是名贵的林木。我祝福它们
有一个光明正直的前程。此时
我的愿望,逸出了
植物的籍贯,飞向了遥远的
不可知的明天。

溯流寻踪

初夏的大泉沟,流水
还没有长成丰腴的模样,但它的
清澈和高蹈
仍然保持了一贯的调性。
石壁耸立,孤峰送来陡峭的意志
像一个隐者,守着一方安静的天地
而不他求。跌宕的小石潭
一个连着一个,仿佛水流的驿站
串起生命成长的量杯。
我们溯流而上,追寻流水的源头。
涧道蜿蜒,潮湿,青苔在岩壁
用一片连绵绿意,阐释着
大自然古老的奥秘。
参天异木,用它的直
来报答阳光的恩施,让人深信
万物的命运彼此关联。
虽则流水有源,但在这
幽深的涧沟,我们
终究无法确定,一条泉水的起源:

它的洁白,它的恩爱,和它
绵绵不竭的使命。

无名鸟鸣涧溪图

幽深的涧沟,泉水欢畅。那些
寻芳探踪的人,三三两两
没入幽静的世界里。清洌的水流中
并没有游鱼,证明任何美景中
都有缺失的部分,如果不是
头顶高峰上的一两声鸟鸣
上午十一点的柯陈山
还沉浸在睡梦中没有醒来。
只闻鸟声,不见鸟影。
这些无名的鸟儿,用它清脆的歌喉
唱着迎接的歌,涧沟两边
双峰对峙,鸟儿们
也是左边唱一句,右边和一声。
我深信自己,也有令人留恋的部分
呈现在这薄雾迷茫的人间。
我也有过歌唱,隐藏在俗世的丛林
而不为人知。

深林有轻风

五月的大泉沟,风儿隐藏在林间
悄悄地,轻轻地
摇晃着树杪,还没有进入
戏谑人间的节奏。半山的涧道旁
被大风吹折的竹子,是去冬的
事情,断竹的残肢
仍然躺在那里,裸露的根部
连接着大山的肌体,深红土壤
翻开如新鲜伤口。但现在
风儿平和,近乎没有,只是
拂动着植物的叶片和游人的
衣襟,仿佛蹑足而行的小兽。
正是这轻拂的安静,提供给我
明晰的呼吸,将饱含负离子的氧气
送入我疲倦的肺叶。我从这里
离开,但我带走了
这物的语言,和它,流动的芳香。

搬书记

时间的痕迹，从陈旧书本上
带来昨天的问候

当你翻开一个美好时刻，前湖村
向家庄，汗水融合了精神的奥义

开始，我们用触觉搬书
后来，我们用视觉

灰尘带来了新物语，一只行走的
蠹虫，创造了一场无声风暴

我也曾虫子般，啃噬过书本和青春
陪衬着，一个用旧的年代

老苋菜

老苋菜发红的根部,粗壮如
地下掘进的蚯蚓,红透的
叶片,夕阳余晖般
不愿退去昨日的光彩。
水淋溺,继而烈火烹油
是一种残暴意志
在作最后的发言,不是刺刀见红
而是火与铁在刑讯逼供。
老苋菜,用血红唤醒青春记忆
用残肢,在盘子中舞蹈
冷静如锈铁,为我们提供了
一个范例,一部旧时代的
革命史。我的牙老了
已经嚼不动
这根,坚硬的骨头。

宁静的一日

在松栖园,我获得了宁静的
一日,如同油菜饱满的籽粒躺在
闭合的荚里。
游上岸的鱼在思念水,无数次
它们思念漩涡的晕眩。
侧柏和银杏比邻而居,在同一种风里
它们朗诵、和吟,并不屈从于
外来的暴力。
飞蠓只用一次瞬间的生命,证实着
茶水的清香,还是我看见了别的什么?
那七八个人的快乐,进入阳光下
疏影中,木骨靠背椅头
坐在树荫下,讲古。
在松栖园,一日漫长如
神的一日,短暂如
飞蠓的一生。

五月的金银花

这是一整片光彩,在水边
搭建自己的舞台——
黄色和白色,铺开五月的生涯。
村姑的鬓角插着一截清香,她行动于
一个新世界,在她看来
只有黄色和白色,才能演绎乡村的
完美,才能迎迓远来的客人。
寂静如一只鸟。溪水
在无声处流动,带着花瓣的前程。
还有什么是令人着急的?
春天,在不紧不慢地与夏天
做着交接呢。金银花
在一场花事里起身,用她活泼泼的
嗓音
将村庄,锁定在一段
浪漫意境里。

月季长廊

人们并不
急于走完这段路,暮色中
月季花的媚眼,冲淡了
所有的焦急。
我无法定义这样一个黄昏——
水鸟,将叫声丢在溪水里,散步的人
拿出手机与月季花拍照,并将
自己贴上配角的标签。
年轻的情侣,手牵手,仿佛月季是
月老,见证着他们的爱情。
一路上,春风吹拂。
一路上,花香流溢。
我必须祈祷,这些花儿不要那么快地
凋零,也不要忽略,一个
独行人的忧伤。

梨花峪

在这地
大自然神奇的造物还不够吗?
东方山高高的佛塔下
谁的眼,穿过山谷去阐述
一个夺主的观点。
一泓狭窄的小溪流,已不能
平静它自己。促狭的
山风,在凋谢了花朵的梨树上
摇曳着一出悲喜剧。
我来到这里,上午十点的阳光下
草坪上的篷帐,像雨后蘑菇
纷纷长了出来。孩子们用水枪
取得溪水,喷射着清凉。
哈哈,哈哈,童稚的笑声
人类的笑声,在梨花峪
——漂荡——

秋日渐长的影子

并非太阳南移,而是地球在履行
亘古不变的使命。

总之,阳光日渐偏离头顶,将群山和森林
拉升为天空的背景,而影子
在一切事物之上滋长出来,放大成一个
理想国。

风儿穿上了灰色大氅,并增强了劲力,在
抱团的群树间,制造落叶雪崩的效应。
湖水敷起一层凉皮,将水面的温情压进水底。

当有人行走,在南方丘陵的褶皱里,或在
林木萧索的山道间,他的身影如同一杆
标枪,投向
大地搏动的幽暗之心。

以雪煮酒

腊月将半,倾倚的柴门在荒草间无语。
但我仍然想仿效古人,以雪煮酒
迎迓远客。不在华屋,在野村。

在白雪的另一侧

一场雪勾连起另一场雪。
在江之南的大冶,现在是
多年难得见一场大雪了。
在白雪的另一侧
我有一个故乡,它消逝在
时间的梦幻中,带着一场大雪
和我的记忆。消逝的
还有我的父亲和母亲,他们
早已被黄土掩埋。我曾想
年少时那些浩荡的白雪,是不是
也被他们带走了?世事无常
这一回,是谁,让一场雪下得
如此认真——
思念,也被换成了
白花花的钱币。

在坠入白色深渊的梦里醒来

那个下雪的早晨,死亡一般
寂静。
万物噤声。虫豸和人类,在同一个梦里。
我一度认为,死亡就是白色的,也许
就基于:
白雪-寒冷-死亡,它们的并列方式。

一场大雪带走的不仅仅是一条命。
灵车在雪地上缓慢行进,留下
深深辙痕;漫天飞舞的
大雪,如同
辞别的仪式,像脱离肉身的灵魂
一样轻盈。

小于我大于我

一朵雪花小于我,但漫天雪花
肯定大于我。
一个雪球小于我,但父亲堆的雪人
却大于我。
——那个大雪覆盖的冬天,父亲
比照我的样子,在门前禾场上
堆了一个大雪人,他将一颗红辣椒
做成雪人的鼻头,并对我
得意地说:很像吧,这就是你长大的模样!
雪人
终究是慢慢消融了,并且伴随着
父亲的逝去,完整的
只是存留在我梦中的形象——
小小的我,和
高大的父亲。

罗布泊和大耳朵

写下它：一种颜色
前卫、荒凉，像铅灰的绝缘体。
写下罗布泊和大耳朵
写下这世界——孤独和
不可知的部分。
数万平方公里，生命绝迹
约等于创世之初始态。
盐，盐壳，石盐晶体，是水
离世后留下的盐泽，单一、荒诞
在星图上像一只失聪的耳朵。
——仅仅是物质不灭的明证？
生物体大范围撤退，也是奇迹之一种。
注释就留给科学吧。而诗人
只需聆听：
在那里，轻风唱着挽歌
久久地徘徊。

作品 A 号

花匠爱种花,包括
培养带刺的玫瑰

不知道从何时起
爱情在一个喻体里受伤

除了你的白手帕,再多词语
也接不住情人的眼泪

在桥镇

一个人将五十五个春秋
全部交代在这里,接下来
还有未知的余生。
在桥镇,漫长时光消磨了我
也催老了我。
我鲜活记忆,是冬日早晨的太阳
迎着它走去时,它就挂在二仙桥的塔尖。
还有秋日绵长的黄昏,我沿着
西流溪散步,有时一个人
有时有伴,但都不构成孤独,如果
孤独是指人世虚无的绝望。
我还有热情,需要夏日"老四烧烤"摊上
三五杯冰镇啤酒来冷却。
或者,在初春的某个周末,约上
几个诗友去塘桥樱园赏樱,收获一种
激情过后的疲惫。
日子一长,我就忘记了远方
忘记了愿望,就将平庸当成了
理所当然。这不好。

但我日常的努力，刚好够我生活。
在桥镇，我经历了一个平凡人
应该经历的一切，就这样，我领受了
命运馈赠给我的全部意义。

寒溪一瞬

三九,溪水依然瘦弱。
零到十度气温,并不能阻滞
它缓慢的流速。水草
还绿着,在溪水中招摇。
水鸟。只有一只
在寒溪觅食。岸上一个人路过
并不会惊扰到它。
花花阳光,照着溪涧,
照着那只水鸟灰白的衣羽,
也照着那个穿灰色羽绒服的人。
只一瞬,没有人留意到这个画面:
两个生命互相见证、交错,
简简单单,不需要理解。

布娃娃之歌

我们相遇
春天就来到了面前
母亲的一粒红纽扣
缝进离别的伤感

缝纫机站在工业的桥头堡
引领着星际潮流
那深埋杂物间的是什么
昨日的故事已经蒙上尘灰

七个布娃娃就是七首歌
它们歌唱
它们旋转
七个布娃娃就是七支舞

钢铁的抓手显示柔情
当它在一个缤纷的操作间
一上一下
提升着孩子们的笑声

我们抱在手中的
不仅仅是一种概率还是希冀
是赋予灵魂的生命
在黄昏的沙滩中

春意浓

泥土在还原泥土的本质
种子在黑暗中翻身
鸟雀叫醒春天
你叫醒我

樟树在春风中抖落旧衣
苇芽还在赶往新滩头的路上
沉郁的村庄打开笑脸
敞开迎接的门楣

走了旧客来新客
三月梨花开桃花绽
叶芽吐蕊群山点头
三山湖用宽阔湖面作春笺

你也是我的客人
在这拉伸的局部时光中
一支歌就是礼物
一首诗就是馈赠

在蒙尘的时光中起身

春雨淋湿了白鹭的翅膀
明亮的光线被哥哥折进了书页
一个人静坐
窗外一树桃花

还要等待多久呢
燃情岁月
难道盛不下一碗青春的汗水
再转头已是中年身

我所走过的都是失落
一首诗也拯救不了
我落魄的心
那在梦中反复出现的身影是谁

那是谁
要点亮我内心黑暗的灯盏
在遥远的三月的春雷中
催促我起身

青山水长

人间烟雨迷茫
一根铁链锁住了
多少人的快乐
这个春天
遥远乌克兰的
一场雪
更是增加了一波伤感
我在听歌和踏青之间徘徊
仍然找不到出路
青山青
就让它兀自青着
流水长
就让它带着初生的花瓣
去远方吧

羊姑岭植刺玫记

在南石村
这是个不大的山岭
但一百多个
穿红马甲的志愿者
分布开来
仍显稀稀落落
三月的春风带着寒意
却正好吹去劳动的燠热
站在岭头
看山势如梯级
也如层圈
一圈圈荡漾开去
栽好的刺玫
将拒绝羊嘴
那个牧羊的姑娘
在传说中隐身

春溪暮色月半圆

晚饭后
一群人不约而同地
沿着西流溪散步
此时
小镇的霓虹灯亮起
新时代的幸福感
半个月亮挂在中天
是我抬头看
树上的鸟儿时无意看到的
不知道是两只什么鸟
在两棵树间相互鸣叫着
像是两个熟悉的人在打招呼
那两棵树一棵是樟树
另一棵是柳树
这时节樟树换叶柳枝绽芽
而月儿在努力圆着
它的孤单
我置身风云间也是
突然分离出来的
那一个吧

春山如晤

我与大青山隔着点什么
这是一种错觉呢
还是一种落差
我生在太平山下
熟悉它的一草一木
熟悉它与众不同的纹理
移居小镇后
已经多年没有上过它的主峰
丰劲山
我曾在别的山头
远远望见过它
一抹黛色远景仿如水墨画
并不遥远的距离
却在心中长起荒草
我与大青山隔着
不止一段流水的距离
也许隔着一个相恋的词
隔着一封
在春天
也寄不出去的信

小院之春

尽管春天来得迟些
呼吸蒙着尘灰
小草在倾圮的土砖缝隙间
侧着瘦小的身子
阳光偏向于院外的桃花
当你置身其间
仍然能感受到春天的光影
那种被压抑的
沉沦的光线
像个酒后兴奋的人
扫视着似曾相识的什么

一个清瘦的身影在期间出没
哦妈妈
又一个春天
来到了人间

踏青的人醉倒花丛间

春三月
荒丘长青丝
野桃花夹在油菜花的缝隙
悄悄开着
盘茶大畈上黄澄澄一片
你跑进黄花间取景
像一只深入生活的小蜜蜂
翅膀上带着闪电
在花丛中纵情
饥渴和惬意写在脸上
平凡人家的三杯桑葚酒
就醉倒了我
你若回来
别忘叫醒我
小溪旁青桂树下
躺着一个做梦的人

早行人

在晨雾闪现的原野
或曙色迷蒙的街头,早行人
以时间奴役之身
在争做时光的主人。

那老妇人,从菜圃努力伸直佝偻腰背
将一担鲜嫩青菜
趁早送往食欲的街衢。
我们无以餍足的深喉
正受惠于此——
我吃着老母亲带血的乳汁
却不能回馈其万一。
早行人在争做时光的主人,她们
多半已不年轻。在有生之年
还要将努力的榜样
贴在每一个早醒的门楣上。
……真是惭愧啊
在无数冰凉的日子里
我曾踏实如意地

从早行人那沉甸甸的衰老中
提取过温暖。

铁环

我对圆的认识

是由鸡蛋向铁环递进开始的。

少年时

兄弟们需要蛋白质参与建筑的身体

给父母带来极大的困难。

而父亲制作的铁环,则参与了

我们青春期野性的行轨:

在禾场,或在弯曲小路上,铁环

滚动起来,仿佛沙沙响的微风

在打旋,吹亮了村庄

一小片天空。

我能将铁环滚过田埂上的水缺*,正是

这渺小的成就感,伴随我长大。

(*水缺:大冶方言,即田埂上排水的小沟。)

秋色

只消多走几步
穿过小镇日渐升高的楼群
你就可以见识到
秋色的一部分魅力：
原上草，水边柳
在预定的角色中背诵着秋天的台词。
而完整的秋色须往山里去寻
——往高处、深处里走：
野柿子在暮晚的山脊会点亮小小的
红红的灯笼。
银杏树脱下黄衣，在秋风中淬炼筋骨。
成片的茅草将灰白的身体
连接为象征的地毯，在那里
死亡，也无法找到出路。

独角小兽

它在人类中行走
带着绿森林浆果的气息。
——不熟悉的人可闻不到。
显然,对于陌生人来说
想了解它比较困难:
人群中,它隐匿着欢愉的欲望
将生活的阵痛平摊给
每一个庸常日子,并在其中
建立自我调适的法则。
它黝黑的独角立在脑后
像一支刺向空中的短戟,透露了
它孤傲和不屈的气质。
以致大多数人以为,这是它
倔强的标记——
唯有黑夜愿意澄清她,并给它
检讨自己偶尔冒险的机会。

平分秋色三杯酒

担丘垄的午餐将主人的厨艺界定在
与我相同的水准上。
红酒、白酒、啤酒,我和佳禧、桂华平分。
二十年前,那后山苍翠的秋色
如今已被工业园区敞亮的厂房覆盖。
……经济发展的宽带,不由分说
要扎紧土地的腰身。
我记得,那后山有一条狭窄小路:
在荆棘与茅草掩映之间,我和桂华
沿着它去刘舜先湾找刘光武——
这个当年写下"去九宫山在上坡的日子
要记得下坡的时刻"的民间诗人
三年前成了中风患者,我们与之谈论诗歌
他语焉不详,落实了他自我营造的
诗句之境。
哦,光阴的刻度,无论你
从加法或者减法
哪个方向计算,其实都一样:
我们回不去的青春,现在
要到酒杯中去找寻。

坠枝头

成熟的植物
像一个伟大思想者一样
有谦卑的身段。
秋天里,稻穗金黄,苦瓜挂果。
饱满枝头以一种下坠的重力
对应土地丰饶的含义。
这是天然的品性——
彼此付出者必彼此吸引。
往前二十年,我还在太平山务农。
二十年,足以让一个人荒废
耕作的手艺。
我怀念那枝头沉坠的年轻的秋天。
现在,我的汗水依然在流,
但与庄稼无关,与蔬菜无关。
我只是,在年岁的增长上,与成熟
作物一样,获得了
自我掏空般沉甸甸的力量。

七月半

没有了悲哀,也无需祈祷。
从神的家里请回逝者,让他们知道
这看起来光鲜的人世,还留存着
远古的教育基因。
纸火燃烧起来,无风的傍晚,青烟能
上达天听,让古老的客人带着新的生辰回来。
我从水面倒影里看见了他们,从榛莽间
窸窸窣窣的细响中听见了他们……
七月半,从前的故事回到了今生:
我像一个孩童,坐在火堆旁,接受先人的
训谕,眼前浮现出
一个个,熟悉而陌生的面孔。

幻觉之鱼

在山地,在平原,在丘陵堆叠的波浪中
行走着幻觉之鱼。
他可能是任何一物,也可能什么都不是。
有一次,我进山斫柴,独自行走在
一条山间小路上,突然
身旁空气莫名地起了波动,像是有个什么人
来到了身边。
父亲在世时,对我说过一件事:
他在老屋凹凸墙面上,看见了祖父苦涩的脸。
我无意追究事情的真假,但我相信
当你特别想念一个人时,他有可能
幻化为一株植物、一条水中游鱼,或者
仅仅是流动的空气
来到你身边。

秋月夜

秋的夜空，用一种高远的蓝作为
一轮圆月的背景，这虽然常见
但当我见到并这样想时，觉得并不一般。
不是每个人都关心天上的事物。
视线从高渺处收回，小广场上空
有三五只蝙蝠在飞舞，看似轨迹混乱，但又
不会让人担心。风，是微风。亮
是那种可以在十米开外，能看见你
笑脸的亮。月光如此温柔。万物都被这
银色光辉所照耀，所笼罩，而产生
某种统一效应，让你有心灵驿动与爱意朦胧
杂糅于一起的那种圣洁感。
戴口罩的夜鸟抛物线般滑过，叫声是轻轻的
美好。明天
我就要接种最后一针疫苗了，生活
依然在正常进行，还有什么
是值得忧心的呢！

刘通河

刘通河真小,如果不是村里老人介绍说
它叫刘通河,我以为叫刘通溪更恰当。
它拐着弯穿过刘通村时,那弧度
就像弯月一样,带着一点孤傲气质。
平日里它水流平缓,木质水车慢悠悠,舀起它
淡蓝色液体,掉落下夜晚细碎的星光。
白马桥很短,拱起的桥面马鞍般有力,将
一段前朝往事驮进新农村。
在春天,风儿将桃花带入河水,清亮亮河面上
花瓣成团成队地走,仿佛奔赴爱的约会。
桃花水煮鱼鲜,就在河边老榆树下的农舍,
你若来时,可去品尝:
细鳞鲫鱼汤白味美,自酿的窖酒也好喝。

落叶令

何物侄偬,譬如落叶
扎进土层的根系在呼唤。

何事匆忙,譬如人世
清风吹拂的幼儿已长大。

祖父的榔头在埋葬遍地黄叶
我用手指在键盘上敲出新陆地。

原来

原来,不但春风可以怡人
秋风也可以醉人。
原来,落叶与流水均有颓废之美。
人在心里建设秩序
并不断打破——
以辉煌的名义,以上帝的视角。
原来,除了生活本身
再没有多余的意义。原来
除了用爱编织罗网,再没有
一个身在其外之人。
现实与虚幻,只不过是一体两面
——万物都在一个圆形果盘里
分享专属的
供品。

空蜗牛壳

一个小小肉体

让出房子,在时间无尽的长河中。

一个灵魂

献祭出自己坚硬的壳,

给风,给沙土交流位置。那次

我在地里锄草,

当锄头碰到一声微响

看见了它——

一只空蜗牛壳。

拿在手里很轻,但仍然不失坚硬质地。

放在嘴边一吹,它会发出

悦耳的声音,给平静世界制造一点

响动:

像是在诉说,又像是

消逝的生命,在宣告胜利。

山间小憩

空茫茫山谷,一人独坐。
柴刀,躺在身旁
陪着我歇息,它也累了。
早晨随我进山的小黄狗,现在
不见了身影,一刻钟前它
还在与我说话,为了追黑翅蝶
它闯入了
满天星绚烂的花丛。

夜半敲门声

夜幕笼罩大地。村庄
缩小在一只蜗牛壳里安眠。
风将微弱的呼吸分配给
每一个沉睡的人。
"嘭、嘭、嘭",有人敲门?
——山丘下意识地
抖了抖肩膀。月光从云层
探出头来。
一个黑黢黢落寞的身影
在一幢老屋前,独自彷徨。

道路弯曲

可以想见,一条笔直
道路是痛苦的
——过于完美的事物会留下
孤独的后遗症。几乎所有道路
都向往笔直,并将之作为
一种下意识的追求。
从山巅俯视:
一张庞大蛛网覆盖大地,脉管在风中
抖动
黑丝绸。那上面
铁壳甲虫在忙于搬运——

——我从山上下来。道路拉伸如希望
在骨肉延宕的酒杯中。

秋蝉,秋风

秋风在山脊磨着锋刃。树枝
将汁液拼命递给根部,它知道
当风的砍刀下来时,献祭是
无法回避的选择。九月
众蝉将叫声
抬到辞别的高度,它们用赴死般鸣叫
要保留辉煌的名节。
有人开始添衣。
有人从鸣蝉悲吟的树下
经过,一片黄叶落下来,压在他的
肩头上,让他陡峭的身形出现了
片刻倾斜。

是谁将骨头留在了高山上

是谁将骨头留在了高山上,是谁
想忝列其中?有生之年
作为普通人而奢谈理想
是多么绝望的事情。

我曾在岩石的坚硬中寻找真理
——以真理之名。
我曾在风暴之眼,举轻若重。
碌碌如我者,惯常要借用酒精
来掩饰令人失望的大词。
我还谈到朴素者也抱有可笑的决心吗?
——以弃绝沉沦之名。

是谁将骨头留在了高山上,是谁
想忝列其中?
作为一个平凡的人而奢谈理想
是多么幸福的事情。

白露

白棉花
被母亲的花篓背回家了。
红薯还在沙土地上
等着你。
这作物和粮食的颜色
是一个节令应有的姿色。
南移的太阳要带走温暖,
但高高的柴垛已经码放起来。
松鼠也在忙着搬运松果,
寒风在北方,正酝酿
针对南方的第一次长途奔袭。
白露为霜,
秋天苗条的腰身日渐显现。
一切准备就绪——
南飞雁,将诗行写上了
蔚蓝色天空。

看流水

人到中年
对于流逝之物不免有了敬畏之心。
西流溪与港南路平行,每次
我走在路上,不自觉的
目光总要看向溪流,仿佛
那上面承载着时间消逝的秘密。
这一路溪水富于变化,总喜欢
在丰盈与瘦弱之间徘徊:
下雨时,溪流浑浊又激动,拱着黄色的
背脊,发着低沉吼声,向西
一路狂奔。
晴日里,溪水澄清,流速平缓,像一个
优雅淑女,走着摩登的台步。
——这时节,菖蒲从水底探出头来,
白鹭在浅水中觅食鱼虾。注视久了
让人有种时间停摆般短暂错觉。
但毕竟,流水不会为谁停留,如同
我们从昨天来到了今天。

繁露

星光在原野打烊时，留下露珠
作为夜晚最后的印记。
蜜蜂在花蕊中醒来，抖动潮湿的翅膀。
轻风呼唤着黎明和炊烟：
在东方山脊上，群树晃动着幽暗身影；
低矮土屋间，母亲燃起了早餐的温情；
小花猫穿过路边菜园篱笆，鲜艳皮毛上
粘附着晶莹的水滴——
我从睡梦中醒来，年少时代的露水
隔着遥远时空，打湿了
我中年的双眼。

松林

在南方高速公路的右边
我看见松林,如一抹墨影
从眼前飘过。
然后它在另一个山丘上
等着我,沿着山势
刷出重重一撇。
近处,山竹在窗外招呼我。映山红
在任何一处山脊
都有唤醒的笑容。而我
只留意那些松树,在目力所及之处
我努力寻找父亲的名讳,像一个游子
要认领
回家的钥匙。

处暑辞

炖白鸭,煎药茶……
如果考虑
从节气的正面进入农耕传统,还得来一场
祭祀土地公的仪节。
在南方,几乎每一个村落都有一座
土地庙,是那种建在村头野外,或者
岔道旁边的低矮小建筑。虽然模样不佳
但香火却盛——是农人
祈求风调雨顺、作物满仓的安慰。
鸭肉性凉,药茶通体,均有
祛暑之功。到小河边放河灯,则是
少男少女们喜欢的事情,他们三五成群
将笑声抛洒在轻风吹拂的河畔。
暑热渐消,丰收在望。这是秋日
最好的报偿。

手语

哑然而开。哑然而止
一朵朴素的花摇曳着，照亮了
我们的前程。
我痛苦的舌苔上埋藏着千军万马。
这之间，是火，是水
是沉睡的晚钟在梦中敲响。
每一寸肌肤都努力清醒着。
夏的酷热，冬的寒凉
从拇指传递到小指。
请原谅我的无知——
你将双手搭于头顶，却是
构建家的蓝图。
丰富密码，带来无声爱意，
这之间，是真，是情
是轻轻悄悄与
迟到的明白。

击木听雨话秋凉

有一刹那的分神,来自手指敲击木椅的声响。
低头看时,那拍打椅骨的竟是我的手:
它在盲目地动着,但又令那木器
发出有节奏的好听声响。我的大脑
并没有明确地指令我的手,去做敲打木椅这件事,
怎么就无来由地那样做了呢?

窗外,秋雨在沙沙地下着,缓缓地,长久地
带来一丝凉意。我注意到,这手敲出的节拍和
秋雨扣地的声音,彼此默契,天籁般和谐——
哦,是神的指令,来到了人间。

一面之缘

多少人将遗憾丢在了昨天:
一面之缘——
当我写下它时,是否意味着
我将某个人,留在了不可测度的今天。

是否,提前消费了一次美丽的邂逅?
或者,故事本身并不一定包含必然有效的结局。
一滴露水打湿了蝴蝶的江山;
一个词逃离了汉字的畛域——无奈和瞩望
在角力。
在挽留?

——为那日渐模糊的身影,我开始预支明天。

飞走吧，蜜蜂

老榆木：不开花，不结果——
他在屋里，封闭着某种隐僻的绝对。
蜜蜂何以光临？
这是一只有着金色翅膀的落单的
蜜蜂，它从一处缝隙造访了一个孤独的人。
——好奇感获得失望。大于蜂巢的居所
并没有甜蜜的花萼，创造奇迹。
而且，进来的通道并不等同出去的通道。
那蜜蜂，将沮丧情绪发泄在
一面透光玻璃上，它持续不断撞向它，翅膀
发出嗡嗡声响，带着雷霆之怒。

这是秋日一个温和的早晨，我坐在窗前
发呆。
面对这样一个不期而至的小生命，我愿意
伸出援助之手：
我的身上没有花粉，甜蜜也过早用完了。
——飞走吧，蜜蜂——
我打开窗户，让轻柔的风和它拥吻。

雨色

有一次，一个人漫无目的走在路上。
世界突然做起法事：
乌云麇集，天空低垂，风儿俯临
寂静的原野开始喧哗。
有种喜悦般的沙沙声响在空气中传导。
山丘上，群树跳起舞蹈，拖着
慢三的节拍；燕子塘的水皮欲挣脱身体样
抖动。
这是夏末的一个傍晚。我一人
沿着一条无名小路散步，四野
阒无人迹。空气在秘密行动。金豹在云层后
瞪视：
一个人的世界，王者般孤独。

樱枝花环

三月末，江水在制造更大动静。
樱花在枝头开始沉重，或者
轻盈。珞珈山的樱花树，撑起武大一片
粉色天空。稠密的花海，拥挤的
人群，他们像东湖水一样
一浪接着一浪，递送着春天的花信。

小贩兜售的樱枝花环，在女人们头顶上
占有部分流动的比例——
你是其中之一。那时，你多么年轻
多么美好，仿佛随手可以抓起大把希望。
你戴着樱枝花环，在人潮中
像一个潇洒的浪头，越去越远。

秋半

在芝麻结荚,稻穗低头的日子,大地
要卸下成绩,将裸露作为谦虚表现。

石榴展示内心喜悦的红,橘子和柿子紧随其后
在低处和高处,同时举起灯笼。

——这不是炫耀,这是物种间彼此认同身份
需要在自身烙上时间的印痕。

我也来到了我的秋天。在野外,我燃起
一堆纸火,向冥王报告了逝者的音讯。

伞之灵

一群隐匿的蘑菇在雨中
突然冒出头来。风之镜,在对着焦距:
每一把移动的伞下,都有一个漂泊的灵魂。

偷光者

很遗憾，光线将从老年的手中逃逸。
它只钟情于少年？
用一面小圆镜捕捉阳光，将光束投射到
堂屋燕子窠的那个少年是谁？
夏日郊野暮色中，用纱网捕获萤火虫的
那少年又是谁？
当时光在眼前拉起幕帘，我知道
我早已告别了少年时代。
花朦胧，雨朦胧。
灯朦胧，影朦胧。
——我用旧的眼睛，依然在追求着
朦胧美。但是
在盲人面前，我怎能
有丝毫优越感；我怎配享受落日余晖，以及
璀璨灯火——
每次路过那个在街角算命的瞎子，我总有一种
偷了他的光的，羞惭感。

十二棵金合欢

十二棵金合欢站成一排,像士兵
队列般整齐。被固定。
并且,被动地接受你的检阅。
是谁命令它们开花的?
但其中,就有一棵不开花。算是反抗吗?
十二棵金合欢,在风中舞蹈,用其
独特无匹的肢体语言:醒目而美丽。
它们用一致性让你体悟整体和秩序的高贵。
十二棵金合欢,是十二个母亲吗?
在秋雨的爱抚下,它们战栗着身躯,仿佛
回到了青春年代,少女般忧郁又可爱。
在桥镇,十二棵金合欢站成一排
像欢迎的仪仗队。它们被固定。
在漫长时光中,去经历一种命运。

给父亲

我总是比别人慢半拍。
确实,木讷几乎是天生的
我有爱,不会表达
想说的话,却总是说不出口。
从前,你带我去铁山取牙齿
我害怕,你对我说:
那龅牙不取长大了连老婆都讨不到,
你今之取了,我买清汤你吃。
少年铁胃啊,清汤当然比老婆重要
为了它,我也不怕痛了。
牙齿是取了,清汤也吃了
那七块钱怕是顶家里几个月口粮
我居然不知道说一句感激的话。
一路上,我们走回家
你不吱声,我也不吱声
那长长枕木路啊,我跟着你
亦步亦趋,亦步亦趋……
我十八岁那年,你死了——
就死在我取过牙的黄石四医院
你啊——终究是没有看到我成家。

车间里
——兼致金子

白铝和彩铝,他们是同一形式的不同呈现
热剪炉和液压机,以塑形和整饬为最高使命

参观者是过客,是看客,是好奇之眼
经过打磨的车床,获得一种认同感

高大而空旷的车间,伟力从行吊的铁钩上
从女工纤细之手,从滚轮持续的递进中

显现出坚毅秉性。我们的生活多么庞杂
需要一种认同,需要这种伟力

当我们抱着怀疑,如同抱着信仰
当一群安全帽依次经过这缤纷的人间

丝瓜在风中

丝瓜在风中摇晃,像一个上吊的人
它不挣扎,不气馁

起初,它有青色的希望
后来,它顺其自然

它知道它有一口长长的气好凭借
死亡并非神秘的事情

它在摇晃,尽管它不能左右这摇晃
但它喜欢被摇晃的感觉

直到它越来越轻,被时光掏空的肉身
留下一具纵横交错的经络

笑天螺的黄昏
——兼致理坤、锦明

油菜花,在黄昏进入了油画的窗框
必须闭上一会儿眼

才能从中寻找到一条道路
分辨出镜头和眼睑的不同

诗人们钟情黄昏是否可笑
而我是其中之一

我们谨慎恪守着美的准则,而黄昏
必然有一条通往明天的道路

在这耀目的黄色花毯之上
星光在做着挽留的努力

天堂的名册

那最高处的天堂在哪里?
那穷人们向往的地方,富有的人
同样梦寐以求——希冀
他们的名字在那闪光的名册上。
上帝一个喷嚏,好多人就会提心吊胆
——这类似于一种恶作剧。
就像一个孩子对着花圃撒尿,
他的心中还没有住着上帝,而花朵们
仿佛在接受着上帝的甘霖。
人们终其一生,想将名字写到最高处——
但他们付出的努力有时不免相反,
他们追逐的名利,也许
正是上帝厌弃的东西。
医院的妇产科,临盆的孕妇们
在痛楚中咒骂着上帝和
她们的丈夫,她们
并不知道,上帝就要诞生了。

夜晚,水牛

他的精神在黑夜,隐藏于
灰色的毛皮下。但它站着
这是一次邂逅,我的车前灯划过
五月的灌木丛,以及反光的水面
一头水牛,站在路旁稀疏的草地上
它侧转头,望着灯光处——
一个黑色闪光的物体靠近它,震颤着
如它劳作时,粗重的呼吸
它的眼神中没有畏惧。一根绳子
将它系在石头上——爱的挽留?
但它站着。我看不到它的思想
它隐藏于黑夜灰色的穹隆下

空山

王维的空山在新雨后,而
我的空山,在五月的黄昏
柳絮在风中,比落叶轻
比白寡妇吊在树枝上的命更轻
风声不疾不徐,托着那些
轻的性命,稳稳地赶路
嘶哑了喉咙的鸟儿,放弃了悲切
夕阳,也收走了
最后的余光

暮色私语

安静属于旷野。黄昏的桃花寨
属于旋转的清风,当我们缓步进入
鸟儿在看不见的丛林鸣叫,蛰虫
也有着复沓的和弦,它们属于暮色私语
也属于我们,这短暂黄昏的
两个人的清欢。你注意到一小簇叶片
有对称之美,在风中开合如抚慰
如绿色芭蕾,彼此间会心一笑
这多么神奇。我们无法解释自然的
秘密,但我们看见了季节的律动
就在这暮色四合的黄昏,赭红砂石路面
脚步轻移,手机中的轻音乐也参与进来
构成一种立体和谐。我们呼吸着
清风做伴,明月,也适时升到了天上

熊家境,晚春

一幅国画般,景色就在眼前:
不必说坳背苍劲的古槐
也不必说青砖碧瓦琉璃墙
你拉着一个人的手,沿着
春风沉醉的傍晚走进去
山路上,跳动的心脏让暮色含羞
不要走得太急。和风是缓慢的
一对白发苍苍的老两口,坐在门口
石墩上,相视无语的岁月是缓慢的
但又如此悠长——
仿佛时间是凝固的。你和我
还没有从梦中醒来

刚刚好

要那么多力气干吗
我的力气刚刚好
比如拧螺丝
我见过大力神手直接拧滑丝的——
将一节好端端的生活
很干脆地毁坏了
而我的力气应付我的生活
既不多,也不少
我还有不胖不瘦的身形
对付这忽冷忽热的天气
刚刚好
这已经令人羡慕了
可我还有刚刚好的事情不告诉你们
你们也无须猜测——
我们的关系,比如你对我的爱
刚刚好
我既不贪求多,你也不要少给
因为,你据此
得到的回报也刚刚好

在上海巴俪赞酒庄虚度时光

市郊。延伸的绿色波浪主要由
大樟树,小叶榕构成,小草们挽起手
围着巴俪赞酒庄跳舞。这是
从朋友发来的视频上看到的景象——
类似城堡的建筑内
松木酒桶箍紧一片海,仍有芬芳的香气
传递出迷幻色彩,让坐着的人平静。
一瞬间,我的心也安详起来
这奇妙的感觉并不让人费解——
我的体内升起橘色黄昏,进而
听到了来自异乡某人平静的呼吸。
时间到了,我们都会离开
从酒庄冰冻四分钟的金黄液体
从热浪包裹的办公楼,甚至
从我们内心深处幽密的丛林。是的
我们都会离开。唯有时间永恒
——在我们虚度之后,它仍然
保持着自身旋转的魅力,供人虚度。

明月夜

白月光。五个少年在行走
白月光照着,丘陵寂静
五只猎犬在寻找猎物
经过的村庄没有灯火,这是
1982年的冬夜,白月光照着
大地苍白,流水枯瘦
五个少年在奔跑,猎犬在前
丘陵露出宽厚的脊背
将小路拉成一张弓
手持钢叉的少年,穿过坟地
白月光照着,青春而苍白的脸
五只猎犬在逡巡

门环

请给那乌青色门环一个特写
少年的我,曾拉着它壮胆
栗树门上铜包铁的门环闪着光泽
一根红色的毛线穿过它
那时候,母亲还年轻
一边缠绕着线球,一边哼着方言小调

我们有过多少类似的青春
以及寂静的爱,消失在过往
看人间春风浩荡,岁月如包浆般温润
但那门环仍是锈蚀了,母亲也已离去多年
在晨昏间,春光里,恍惚中
我听到风吹铁器,发出
沉闷的呜咽声

作品 B 号

我开始写与季节无关的诗
脱离人间烟火,找寻
上天的路。
我又浪费了美好的一天。
是啊
我的鸣叫无人倾听——
蝉儿在林梢,唱着繁复
又无奈的歌。

聚会

蝙蝠们来到了汉阳凤凰公园。
先是三五只,后来更多,它们
围绕着公园低空飞行。傍晚散步的人
头顶轰炸机无声的表演。小小的
黑色翼展滑过鬼魅的弧线。
它们来自哪里?
公园内从别处移栽过来的榆树和樟树
此刻正饥渴着,微风抚慰着它们
整齐的伤口。四周是挺拔的
水泥钢筋建筑的丛林,每一扇鸽子笼般的
容器里都透出一股微弱的亮光。
居住的人们都来自哪里?
凤凰湖,水面逐年缩小,凤凰公园
就建在新土填埋起来的湖面上。

夜行火车

夜色深沉。村庄酣睡
一列火车行驶在
我七岁的睡梦中。
它在帅场湾爬坡：吭哧、吭哧
偶尔拉一声长长的汽笛
像一个负重的人喘着粗气。
劳作的父亲气喘吁吁
微弱星光照着他，照着桐子垴
立冬前，他要将耕地翻一遍。
倒厝厅是我的睡房——狭窄、昏暗
我怕黑。临睡前，父亲习惯陪坐在床边
直到我在他的咳喘声中入睡。
那列夜行火车一直都在——爬坡
每当夜阑人尽，他就在我耳边吭哧
仿佛一个熟悉的人陪在身边。